JN108982

精鋭作家川柳選集

Senryu magazine Collection
Shineisakka Senryu Selection

近畿編

精鋭作家川柳選集

近畿編■目次

石田ひろ子 Ishida Hiroko 6
岡内知香 Okauchi Chika 12
河村啓子 Kawamura Hiroko 18
岸井ふさゑ Kishii Fusae 24
北薗志柳 Kitazono Shiryu 30
きとうこみつ Kito Komitsu 36
木村利春 Kimura Toshiharu 42
小谷小雪 Kotani Koyuki 48
末盛ひかる Suemori Hikaru 54

辻岡真紀子 Tsujioka Makiko 60
妻木寿美代 Tsumaki Sumiyo 66
寺島洋子 Terashima Yoko 72
那須鎮彦 Nasu Shizuhiko 78
氈受　彰 Menju Akira 84
森井克子 Morii Katsuko 90
森口美羽 Moriguchi Miwa 96
森吉留里恵 Moriyoshi Rurie 102
八木侑子 Yagi Yuko 108
山田恭正 Yamada Yasumasa 114
渡辺たかき Watanabe Takaki 120

精鋭作家川柳選集

近畿編

石田ひろ子

Ishida Hiroko

仕事をしながらラジオで橘高薫風さんの川柳講座を聞き「川柳って面白いなあ」と思っていました。

主婦業から解放されて、何か自分に合った事を勉強したいと思っていた矢先、知人の紹介で三宅保州さんにお会いして、「川柳とは諷刺や滑稽でなく人間を読む」という事を教えていただきました。

あちこちの句会へ参加させていただき多くの友達も出来て、川柳に感謝しています。その間、何回も挫折を繰り返し、その度に先輩や友達に背を押して貰い、今では川柳がわたしの杖となっています。

また三宅保州さんのご推薦で平成二十三年十月に川柳塔に入り、同二十八年に同人にしていただきました。

一本の鉛筆と紙があれば、わたくしを花園へ導いてくれる川柳は生涯の宝です。

平和とは蛇口の水がすぐ飲める

憧れの人はわたしのサプリです

雨宿り軒にお礼を言って出る

引き出しにまだ弾ませる鞠がある

古書店で会うわたくしの青春譜

スマホ族街は無色になってゆく

親切を愛と錯覚した不覚

自負してる若さ裏切る影法師

振り向けば手を振っている冬木立

図書館の定位置に居る午後三時

タンカーの見守る南十字星

羽衣が欲しいと思う春霞

元気ですレシートばかり溜まります

忘れてた歳が時どき顔を出す

話し相手しながら母の爪を切る

スマホより紙の匂の文庫本

慟哭が聞こえる累累の瓦礫

笑うのも泣くのも生きる潤滑油

好奇心わたしのアンチエイジング

居直ると案外面白いこの世

偶数が段取りのよい旅仲間

ご近所をまた遠くする家族葬

無人駅月もお客の顔で待つ

サイフォンのポコポコ今日を立ち上げる

泣きに来た墓の草取りして帰る

ゆっくりと自分に合うた縄を綯う

ひょいと辻曲がれば母の影に逢う

しっかりと親を見ている反抗期

憎しみは何も生まない花筏

お帰りと独りを包むティーバッグ

岡内知香

Okauchi Chika

川柳を始めて今年で丸十年。

何気ない日常の一コマを炙り出し、すっぴんの人間を表現していけたらと思っています。

麻酔なしで噂話に耐えている

猜疑心人の心を読みすぎる

まぎらわすように大きな声を出す

本来の私がセピア色になる

正解かどうかはわたくしが決める

それ以上喋るとみじん切りの刑

吹き溜まり行きの最終便が来る

通過駅そんな存在かな私

また今度次はないこと知っている

エトセトラそこに私は括られる

払っても払ってもまた百八つ

熟れすぎのわたし取扱い注意

アルバムの甘酸っぱさを嗅いでいる

これが最後これが最後と言い聞かす

ため息をつかれて傷が深くなる

やるせなさ小さく丸め結び切り

大丈夫なんの根拠もないけれど

旅先でわたしを天日干しにする

すらすらと言うからきっと嘘だろう
変わらない結局なにも変わらない
かさぶたになろうともがく色になる
すり抜けたようだ太陽が眩しい
そんなことあったよなあと凪いでいる
きのうまでの私はここにおりません

必要とされるところで咲いてみる

風化するそしてなかった事になる

身辺整理わたくしをそぎ落とす

生きてきた証軋んだ跡がある

平凡な一日まっ白な日記

新しい風が吹き始めたようだ

河村啓子

Kawamura Hiroko

第一句集「逢いに行く」二〇〇九年発行から一〇年を経て、新葉館川柳マガジン創刊二〇周年記念企画への参加の声をかけて頂き有り難うございました。改めてこの間の自分の句を振り返る機会を得ました。

川柳は間口が広く、懐の深い文芸だと知ることのできた歳月です。色々な場で私を魅了し続けた柳人に出会うことができたのも幸せなことでした。

その中にはお亡くなりになられた方もおられますが、残された句が道を照らしてくれている気がします。またふとした瞬間に、立往生している私にヒントを与えてくれています。

この先また一〇年を見据えながらどっぷりと川柳に浸っていけたらと思っています。

おとがいは春の鯨になっている

青春と餃子に足した春キャベツ

キャラメルの紙もう春やんか春やんか

葉桜の下で唇を落とす

サーカスを見て悲しくなって帰る

夜濯のこんなところに溜まる水

東雲のマシュマロになるふくらはぎ

向日葵の類焼癖が直らない

ロフト付き胸のアバラをお貸しする

十月の麒麟に習う歩き方

人間をシャベルで探す神無月

鍋磨くあいつこいつを束にして

なめらかな指紋の中の日本海

残照が自死計画を立てている

そんな目をするからバスが出てしまう

論客の笑窪は平行四辺形

ストローをかむ癖のある三人目

初蟬の遅刻の訳は生理痛

君いつも夜でわたしは笹舟で

秋深し睫の上の相談室

妹は胸の名札を裏返す

如月の月光という駅に着く

あの世まで凍らせておく金魚鉢

でぼちんが未来の化石になっていく

一本の川が流れている枕

綿棒の午前と午後を使い分け

負けそうになったら毛繕いをする

これ以上はと紫雲英田の一抱え

そのうちに走り出すのがカバである

ぼこぼこにしてんかなすびにしてんか

岸井ふさゑ

思えば、アサヒグラフ連載の「川柳新子座」が文芸川柳との出会いで、《慈悲無用蟻の骸は蟻が曳く　倉富洋子》（一九九四年度新子座大賞）に衝撃を受け、川柳の奥深さを知りました。川柳観などという大それたものは持ち合わせていませんが、いま芽生えた感情を大切に、いつか前句のような、人の生き死にに関わるような句を詠めればと思っています。

川柳を始めて六年、怖いもの知らずで突っ走ってきた私が、川柳選集などとは烏滸がましい限りですが、二〇名の共著とお声を掛けて頂き、乗ってみることにしました。

川柳を始めたお蔭で良き先輩や柳友を得、この世界を楽しく泳ぎ回れる幸せを噛み締めている昨今です。

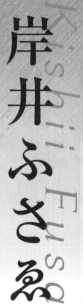

言い訳はしない涙腺揺れている

雄弁な沈黙　八月の俯瞰

面白くないので噴火するつもり

水際に立って明日を確かめる

もう灯り届かないので底だろう

あなたとはスタッカートでさようなら

ナビ通りなのに居場所が見えてこぬ

あっちで頷きこっちでも頷く

ひらがなで切ればわたしも痛くない

自分にはもったいないという拒絶

マッチなら疾うに燃やしてしまったわ

待ちぼうけ　サイダーの泡消えました

四の五のは言わぬみごとな背負い投げ

スパイスの効いたことばが背を押す

光るもの外して人間に帰る

好きな色混ぜてわたしの色にする

迷い込んだ風と路地裏のそば屋

鍋底大根に染みている未練

輪郭線だけでわたしは描けない
変わりたい変わりたくない髪を切る
やわらかいコトバで削除されている
逆風に曝され太くなった骨
言い勝った砂のざらつき落椿
渡れない橋を揺らしているのです

左見右見していたはずの前のめり

まぁいいか妥協するのも慣れてきた

間の悪い女が鳴らす非常ベル

直線を曲げる　あなたに近くなる

人の輪のなかにわたしの四コマ目

もう少し待ってつばさが乾くまで

北薗志柳

Kitazono Shiryu

一九六五年生まれ。神戸市在住。川柳との出逢いは二〇一七年の夏、家内が通っていた川柳教室への付き添いがきっかけでした。諸先生方の不思議な十七音の呪文で私は川柳の世界に引き込まれました。偶然は必然となり同年八月に時の川柳社に入会。平山繁夫先生と矢沢和女主幹より薫陶を賜り、私は川柳という海の岸辺に立ちました。

私の息子はパラリンピック視覚障害者柔道日本代表選手です。彼は社会に存在する自らの障害よりも過酷な障害に対峙しながらも、同じ障害を持つ人の希望になりたいと血と汗を流し続けています。息子のように、私の心から血を流して生まれでた川柳が世の人々の喜怒哀楽と繋がり、私自身もそこで生かされたいと願います。

民草のひとりひとりが屋台骨

にんげんは恵みの雨を匙で受け

蝋梅の香り刹那の天使たち

風は非情無機質だけを置いてゆく

ざわざわと真っ赤な波よ少年兵

新月の不死の呪いか長い夜

生き急ぐあなたに触れたオジギソウ

海も枯れ絆の匂いだけ残る

ビードロにあだ花そっと閉じこめる

頬濡らすペトリコールよ恋心

旅先の心にえくぼチョコレート

立ち尽くす吠えていたのは月だった

刻さえも癒やす祈りよ水芭蕉
ひそやかに風を詰め込む夜の鳩
チェロ響くしばらく海は凪になる
くちびるが蝶になるのを待つ私
彼岸へと進むゴジラの平和論
三日月がワンモアキスと呟く夜

開かない踏み切り笑う福寿草
溜め息でちいさく舞ったノクターン
窓の月チャイナドレスに潜む罠
千年をゆるりと纏う水中花
道真の空を目指した梅の香よ
月あかり語りだすのね遠い繭

真珠だって風邪をひくのよパラパラと

絆まで温めますかコンビニで

水墨に潜伏させたツツジの血

シャボン玉孔雀の声を閉じ込めた

コロナ舞う哀しいサクラ散ってゆく

逢いたいと光る闇夜の月しずく

きとうこみつ

Kito Komitsu

川柳を始めて、早や丸八年が過ぎました。母を亡くした年の秋に始めた川柳。俳句か川柳かを文化センターで学ぼうと訪れた天根夢草先生の教室に見学の段階ですっかりはまってしまいました。それ以来、ああでもないこうでもないと指導を受け、途上ではありますが新葉館出版様より今回のお話を頂き、楽しそうだなと思い、思わずＯＫと返事をしてしまいました。この川柳選集を、今からどなたに差し上げようかワクワクしています。

声をかけていただき、本当にありがとうございます。これからも、ますます日々の出来事を五七五にしたためて、川柳仲間の皆さんと愉しい時を過ごしたいと思っています。

元　夫

離婚した　そら良かったと皆が言い

大安に結婚式を挙げたのに

元夫　私に賀状よこさない

ゴミに出す元の夫の写真など

月３万慰謝料くれる元夫

髪洗ってくれた夫と離婚する

離婚した今日は夫の誕生日

薬指の指輪外してからひとり

我が家

ゴキブリの行く先々に置くダンゴ

一人一パック一家総出で買う卵

少ないと必ず文句言うお釣り

税務署に取られたように思う税

相続税でもめた弟元気かな

海賊がいるから行かぬ船の旅

淀川の水を沸かしたうちの風呂

世間

パリのタクシーも降りる合図で値が上がり

指舐めて紙めくるのは歳のせい

悪口を聞いて汚れてしまう脳

歯に青のりがついているのを言うべきか

眼医者さん瞼裏返すのが好き

人間の顔をしているテロリスト

人の妻　3号と言う年金課

霊柩車迷わずに行く火葬場

発見

とてもよく似た紙使う新聞社

時計回りに回れねばならない時計

旅館のおひつ女の方に置く中居

青汁は青汁でない緑汁

銭湯と似た煙突が火葬場に

起き上がりこぼし必ず起きてくる

海の水涙と同じ味がする

木村利春

Kimura Toshiharu

色々なスポーツに挑戦する、体育系人間でしたが、それぞれに理由があって、中止せざるを得なくなり、今は僅かばかりのウォーキングだけとなりました。川柳との出会いは、某ホテルで開催の句会を覗かせて頂いたのが始まりでした。

その後、十年程前から川柳に傾注していた兄の勧めがあって二〇〇八年八月新聞に投句、一発掲載があり、今も続けております。

新聞を見た知人の紹介で二〇〇九年五月、橿原川柳会に入会し、現在に至っております。

今回のお誘いに「未熟者です」と申し上げた所、それでいいとの「座布団一枚」級の新葉館出版の松岡さんの即答に敬意を払い、未熟者ながら参加決意を致した次第です。

寒風に言い渡された禁固刑

生きるものみんな光の中にいる

地上の乱ジッと見ている昼の月

左手に仁王が掴む四月馬鹿

大海を知った蛙のノスタルジー

マドンナを名札で捜すクラス会

十二月断りますか泣きますか

何をしに二階へ来たかクイズです

遺言を確かめている桜桃忌

過労死の道に彷徨う時間給

酒好きの満月もまた泣き上戸

ノスタルジーのうねりの中に一人いる

香水が微かに匂うぽっくり寺
シーラカンスがジッと見上げる再稼働
銀河鉄道いざ談合の無い駅へ
戦争にあって平和に無いボタン
星になる風にもなれる骨がある
年金暮らし経も短くなってゆく

十%の真綿が首に絡み付く

子狐が母を見付けたショーケース

ポケットで握る一円ほどの幸

しがらみを越せない海が荒れている

憧れは菊花賞だと言う木馬

遍路宿笑い上戸の人と飲む

月おぼろ生家の消えた地図を繰る

語りべの涙で洗う原爆碑

鉢の中金魚はみんなナルシスト

東京ドーム一杯分は飲んでない

タクシーを待たせて母の愚痴を聞く

一本は僕のせいです母の皺

小谷小雪

Kotani Koyuki

鉛色の如月が過ぎ、鳥も木も草も光を放ち、生命を謳歌している。そんななか、川柳の大きな流れと出会った。

大先輩や柳友の御指導、励ましのおかげで十年余続けられたことに感謝している。

予想以上に奥深く、厳しい川柳ではあるが、作品により、「私」の存在を認めていただき、視野が広くなってきたと思う。

また、句を味わうなかで、はっとさせられたり、共感したりするのは、心強く楽しいことである。

現在地に足をしっかり着け、普段着の言葉で、ありのままの自分を表現できればと思っている。そして、新鮮な想いと希望の発信をしたいと思っている。

ようこその春へ鏡を拭いている

せせらぎが散歩の足についてくる

ひょろっと芽がでてきた生きていたんだね

唇に歌この線で行きましょう

手のなかの朝日あなたと半分こ

わたくしの脱皮を急かす春キャベツ

ふんばってみよう重心低くして
看板は耐える力としておこう
ふんわりと座るしぐさがあたたかい
私をスパンコールにする日差し
ほどほどの美人になれる夏帽子
弓なりの母の背中を撫でている

かなしみをロールキャベツに閉じ込める

命日に触れて芍薬ものがたり

あなたへの想いにピリオドは不要

斬り込んで引っこみつかぬ旗である

ご忠告裏ごしにして食べてみる

アンテナの角度なおざりにはできぬ

足音を半分にして別れ路

棒切れにつかまりながら浮いている

衝突を避けて無口になっている

よこしまな心を月に覗かれる

不規則なころがり方もいいね栗

ほっといて欲しくて歌を口ずさむ

ストレスを空っぽにして千鳥足

日替わりのラベル自分に貼っている

トンネルを抜けた記念の靴洗う

飯茶碗触りぐあいのいいカーブ

血管の流れもさらり春になる

ときどきの定型外が面白い

末盛ひかる

Suemori Hikaru

一九六二年、神戸市生まれ。母の影響で読書が好き過ぎ、周りから浮く。過保護の両親が心配して私立の中高一貫校へ。

高二の春、父とドライブに出掛けた母が事故により突然還らぬ人に。号泣する父を前に泣くのを我慢。以来、感情を押し殺す癖がつく。本音は怖くて言えない。人を傷つけてしまいそうで。自分も傷つきたくなくて。

暗いトンネルに灯りが見えたのが神戸新聞の川柳欄。時実新子先生の投稿者への視線。人生って誰でも波乱万丈。それでこそ。こんな感情表現があるんだ！　新子先生の本を貪り読む。

子育てに追われていた頃にタウン誌の川柳コーナーにふと応募。その時の長島敏子先生の講評に心を鷲掴みにされ、教室、句会、ふあうすとに。

猫を抱く自分自身を抱いている

泣いた端から虹になる涙

嬉しい時も哀しい時も猫を抱く

肩甲骨　天使の羽があるのです

肉球が撫でてくれるので眠る

結局は私に還ってくる驟雨

プルトップの穴でいいのよ指輪なら

トマトピューレのピューは黙ってないでしょう

売れてゆくピアノに何て謝ろう

言い訳の森の小人と昼寝する

パクチーの成り上がり感疎外感

噛み付いた癖に涙を湛えてる

ブランコを蹴った足から出る新芽

片想いの猫にかつを節攻撃

過去という過去に土砂降りの雨

反対色の君とわたくし

二人の間のひび割れた月夜

数え切れない割れた風船

メレンゲの棘で殺してくださいな

晴雨兼用の土砂降りの確率

吸い込まれそうな空　吸い込んでいる

アバウトな私に垂直の矢印

猫とブランコ　たち漕ぎのまま

うすむらさきのままでいようね

嘘つき草にがんじがらめにされにゆく

独りよがりの月にいるのは私です

君という迷路　抜けようと思う

コメント欄に行きずりの猫

帽子の網目の不ぞろいの空

責められた後で失礼とわかる

辻岡真紀子

Tsujioka Makiko

節目の年に

《血豆さんやっと出来たよ逆上がり》

（二〇一〇年五月号：お題「豆」）

「川柳マガジン」初掲載からちょうど十年目の今年、「精鋭作家川柳選集　近畿編」に参加できましたことは、光栄の極みです。

この十年、「川柳マガジン」や「川柳マガジン年鑑」に支えられて作句を続けてきました。川柳の端的で滋味溢れる世界に惹かれます。私は詩や散文も書くのですが、川柳から発想を広げることがよくあります。五七五は私の生きる基調であり、創作の原点なのかも知れません。

年末に還暦を迎えます。五十代最後の年が実り多きものになるよう、今後も五七五に心のダイヤルを合わせて、十七音で描く世界の可能性を探っていきたいと思います。

大丈夫日本に桜咲く限り

大仏も居眠りしそうな春の午後

押入れに空を忘れた鯉のぼり

ぴかぴかのバナナ夜空にぶら下がる

階段の踊り場枯れ葉が舞踏会

髪型を変えても風が気づくだけ

帝王切開《シザリアン》母の名誉の手術痕

子宝を乗せてママチャリ風を切る

空耳で泣き声を聞く育休明け

風運び同じ花咲くご近所さん

なぜだろう家が近いと遅刻する

悩みごと飼猫だけに相談す

ありがたい講演すぐに子守歌

主婦の性《さが》赤札見ると血が騒ぐ

テレビ前蹴りたい背中並んでる

ケンカして力の入る拭き掃除

大荷物ある時だけは夫誘い

泳いでる海は良人《おっと》の掌《たなごころ》

リフォームしきれいになりすぎ料理せず

背中より父の腹見てオレ育ち

合格を知ったとたんに風邪をひく

子が巣立ち白さの目立つカレンダー

大掃除思い出ひょっこりすぐ中断

物置で余生を過ごす三輪車

振袖はタンスの奥の眠り姫

年末に逝った友から賀状来る

健診日勝負下着で出陣す

ついていた嘘を忘れて嘘がばれ

幸せだ不満が言えるほどだから

戦争は命を約で片付ける

妻木寿美代

Tsumaki Sumiyo

川柳に嵌って五年。泥んこになって格闘してきた。泣いたり笑ったり実に愉快な一人遊び。日常の悩みや苦しみを十七音にすると、ふっと肩の力が抜け楽になる。喜びはキラキラと輝き出す。この不思議な魅力にグイグイ引き寄せられた。

『川柳は人間である』という言葉が好き。だから自分の情けなさも醜さもあえて書く。句にすることによって、私の恥多き人生も捨てたもんじゃないなと思えてくる。欠点だらけの自分を肯定し抱きしめたくなる。今では、これが私なんだと居直っている。そして、ますます人間が好きになる。

人生の最後に、すべてが愛しき日々に思えるようにこれからも泥まみれになって詠んでいくつもりだ。

跳ね上がる泥を見ていた初潮の日

三つ編みの頃の尖った正義感

真っ白は嫌い私を責めるから

またしても自家中毒に終わる恋

不器用なボクあすなろの門下生

美しき時代　父の背母の膝

了見の狭いわたしの股関節

違和感を素直にキャッチする毛穴

尾骶骨過去を語れば長くなる

ダイエットもう哲学の境に入る

母という根元はタフで柔らかい

遺伝子の根っこに神のおまけ付き

小麦粉のダマの消えない春のうつ

退屈の重さで切れたネックレス

洗濯機ぐるぐる昨日説き伏せる

標本のアゲハ解脱などしない

破れかぶれ蓋をなくしたマヨネーズ

手にふっと零した白いわだかまり

いい女に仕立ててくれる月明り

ブラウスも日和見主義の七分袖

自動詞で生きる図太くしなやかに

わたしはわたし答え合わせはもうしない

身の内の鬼と語って救われる

私の一番底にある真っ赤

神様の決めたご縁はミスマッチ

手のかかる夫前世の息子かも

仕返しを探すタマネギ剥きながら

手のひらにやんわり乗せて飼い慣らす

仲直り昨日のカレー食べながら

結び合うて生きるこの世の泡と泡

寺島洋子

Terashima Yoko

膝で眠る猫を撫でながら思う、平和っていいなと。介護の事や畑を荒らす害獣の事など、心を乱す出来事が次々と襲ってくる。

ふと気づくと心は心配事でいっぱい…という時は笑顔を忘れている。川柳の入ってくる余地もない。それを乗り越えた時、窓からの陽光に笑顔が戻る。満開の梅も、ウグイスの声も心を刺激する。心が開いていく。そして膝には猫。平和が戻る。川柳の扉も開く。

私の句は、苦労などした事のない人の、明るい句だと評してくれる人もいる。いえいえそれなりに苦労もしてるんですよと返すけれど、やっぱりこれからも明るく楽しい句を作っていきたいと思う。いつまでも平和であるといいなと思う。

歯車が合って明日が回り出す

方程式の解が一つに決まらない

くもの巣がゆらりと揺れてからのウッ

朝が来たさて人間に戻ろうか

四捨五入すれば私の核に着く

思い出を金つぎに出す春の宵

葉の裏の音を集めて風にする

生き方も中途半端なメゾピアノ

画素数の少ない人だすぐブレる

鍬が来た人間が来た潜り込め

煮詰まった話小骨が引っかかる

くもの巣にかかっています揺れてます

秘密にはできなかったの許してね

指切りのために残してある小指

触れないで羽化に失敗しそうなの

ときどきは鋭い棘も出しますわ

匕首を呑んで別れの席に着く

訳あって別れる朝の指の先

太もものホクロ誰にも言っちゃだめ

美人薄命少し長生きしすぎたか

デパ地下を通るたんびに太ってる

嘘つくと鼻がビョーンと伸びますの

たんぽぽは咲いたし猫は丸まるし

アップル社のりんごかじった虫ですの

ふて寝だなしっぽあんなに曲がってる
亡父かしらふとカーテンが揺れている
言い繕って畳んでしまうとりあえず
せやから手出したらあかん言うたやろ
人間になったか顔を洗ってる
頑固な石だサランラップに包んどく

那須鎮彦

Nasu Shizuhiko

川柳に学ぶ

入選句を白い半紙に筆書きし、二十二冊まで書き進んでいるクリアブックが一冊二五〇句として五五〇〇句、初期から書き留めた句は川柳手帳六冊で一冊五〇〇句あり、三千句になる。

川柳は色々と経験させてくれるが、金儲けにならず、むしろ金喰い虫である。それでも続けたいのは、今まで考えた事も考えようともしない事を引き寄せて考え、知らなかった事を人を介して奥深く教えられたりして少しずつ前進しているからだが、器用に五七五に纏められず、いつも不甲斐なさを感じる。

川柳選集への参加は、私の人生の中で三度目の幸運である。勝ち取った入選句は句報の中で生きているが、その中で私が選んだ句は堂々と胸張って欲しいと三十句を送り出す。

無理をせぬ今日の夕陽が美しい
秋深く落葉は古都の土となる
決心の確認をする憎い妻
父が居たなら母が居たなら上棟式
一枚の枯れ葉が樹海埋めてゆく
一本の樹の俺は一葉なり

情熱は我が家の塩となる女

虫の知らせでブレーキをかける

地に落ちる度胸をきめた果実達

雲は悠々結論あせらない

この子を信じようきっと花が咲く

牙抜いて夫を好きにさせている

雲海が大和三山泳がせる

里山は子らを育む指南役

無駄もまた生きる肥やしにしてしまう

古傷の膝に我慢が縫いこまれ

生き残る努力している窓あかり

ごつい手の父に貰った忍一字

良心が駄目と一歩も動かない

一滴の汗の重さで夢を描く

手の平の皺人生の楯となる

善人が養う野心のない金魚

正論でずばっと切った花鋏

大阪城大阪弁にほっとする

美しく老い美しく茶を点てる
桜守り次代へのこす栞書く
ふる里は瞼の中で呼吸する
過去も未来も仁義礼智信
平和を祈ってる折鶴のつがい
人間に飽きたら菩薩の膝で寝る

氈受 彰

Menju Akira

平成二十一年六月の退職を機に何か趣味をと思っていたところ、義母の部屋には柳誌があった。そのページを捲ったのが川柳との出会い。新聞投句で自分の名前が載った事に味をしめ、また水が合って、川柳にのめり込んだ。

川柳πの梶原サナヱ師に指導頂き、殊に雑詠に対しての師の選評を灯台の灯りとして自分の川柳なるものの骨格を作ってきた気がする。

雑詠は自由で良いが、題材には苦労する。雑詠をどう作るかのコツは今でもよくつかめてはいない。ただ心の赴くままに多作を心がけている。その大多数は没にするが、中にキラリと光る欠片があれば「めっけもの」としている。

青空に開いた僕の落下傘

風船を攫った風を有罪に

雪解けの軒下にある四分音符

夏空を虫ピン止めにして残す

少年が旅立つ八月の出口

青春のドーナツ盤に傷がある

丁寧に洗うわたしの欠片たち
春が逝くエンドロールのかたちにて
パレットに残した赤が乾涸びる
うかうかと乗る繫ぎ目の無いレール
傷心にブルーシートを掛けておく
溜息の狭間で　少しだけ笑う

膝を抱く姿と思う　人の文字

街角に捨てられていた感嘆符

検算をしても　わたしという答

返信に「・・・」と書いて　秋

パロディーに手を打つ僕もひきょう者

削っても削っても　わたしの指紋

大きさを競い歪んでゆく器

淋しさを纏う男に誘蛾灯

人の字の左に付けるけもの偏

掌にとれば無色に変わる青い水

陽の当たる障子　善なる彩として

白日夢　茶葉の開いてゆく時間

春の詩を探す都会のアトリウム

道化師の帽子　何かが始まるぞ

現し世を巡る　一日乗車券

冬の景　わが落款をどこに捺す

明日を描くわたしの月並な構図

木漏れ陽の下ならピリオドを打てる

森井克子

Morii Katsuko

川柳の句姿は個々違う。それぞれ依拠するところを持ち、傾向がある。それを六つに分けてみた。

①日常をリアルに又は比喩で切り取る。
②何気ない生活の中から〈見つけ〉を取り出し表現する。
③自分の人生観、人間観を十七字に浮かび上がらせる。
④観念的に編むように句をつくる。
⑤自分の心象や感情そして主観をさらけ出し、吐くように呟くように句をつくる。
⑥時事吟、ユーモア句その他。

何十年生きて最強の哀しみに遭遇し、一年程の時に川柳と出会い、その哀しみを抑え込むために川柳と格闘してきて、何とか立ち直れた。川柳に①②③④⑥が有ったからだ。これからは、避けてきた⑤とも関わり、私の川柳と言えるものを創りたい。

あさってへ百の蕾がスタンバイ

明けの鐘くらしの湯気がたちのぼる

生きてきた幾度も服を脱ぎ変えて

焼失へ残った灰が決起する

越すピンチ言い争ってハグをして

闇のなか影はかくれんぼに夢中

ジェラシーが線描のまま心底に

渦巻きが呼んでいるのは砂糖壺

北窓の明かり哲学のウインク

ブロークンハートをあやす海坊主

反論には花一輪を添えておく

平穏な今日よ此のままこのまんま

心配りついに緑が着床す
カール湖の風を着込んで蝶になる
マキシマム井の中だけで吼えている
首塚の石よゆっくり丸くなれ
ニンゲンは身勝手だ氷河がとける
磨り減った踵へ芽吹きだす土筆

本能が背なを貫通していった

食べて寝て歩けることのむつかしさ

あらためて思う地球は生きている

つっこみを入れて欲しげな独り言

洞の闇胎児がえりをして待機

頭ひとつ抜け出た後の向かい風

手放した藁がロープになっている

ときどきは逆立ちせねば草臥れる

クレーン車へうすばかげろうの不時着

重たいなあ鞄の底に入れた海

忖度は隠しておこう海苔巻いて

自販機を探してしまう山の道

森口美羽

Moriguchi Miwa

四十五歳で番傘同人になり、十九年間同人として活動していました。今、私は和歌山三幸川柳会に所属しています。

飽き性の私ながら、何とか今日まで川柳を続けています。

作句活動とあわせて現在、大阪川柳の会、豊中川柳会、よどがわ川柳の入力のお手伝いをしています。大阪で川柳の入力の仕事を何とか辞めずに続いているのも、依頼主の本田智彦さんが温厚な性格だからだと思います。

忙しい毎日からいつ解放されるのかは分かりませんが、今後は川柳に打ち込むための自分の時間も大切にしていきたいと考えています。

断崖に立つと腕組みしてしまう
こだわりの舌が地酒を離さない
脳ミソが破裂しそうな十二月
逢えぬ日は心が脆く痩せている
竜巻のような男を待っている
その時の痛みをバネにして生きる

秋色を羽織って秋に溶けてゆく
人生を狂わせたのは貴方です
一つずつ捨てて身軽になる私
何もかも脱いで貴方に任せよう
わたくしの夢食べたのは貴方です
幸せになろうと足場組み直す

家にいる時は病気と言っておく

期待なんかするから腹が立ってくる

今日流す汗を無駄にはしたくない

目礼はするが誰とも喋らない

何やかや言うても私変わらない

ほっといてほしい自由に飛んでます

腹いっぱい食べても肥らない体

几帳面な時計で止まること知らぬ

貴方との出逢いはきっと謎だろう

わたくしの選んだ道にまだ迷い

強情なわたくし折れること知らぬ

黙視しておこう貴方は貴方です

大阪へひた走ってた時もある

定年と叫ぶわたしの自己主張

六十の山越えてから休火山

幸せはいつも隣に居る貴方

眼の奥に焼き付けておきたい男

親しさをこめて背中を叩かれる

森吉留里恵

Moriyoshi Rurie

束の間の人生だ。自分にだけは正直に生きていたいと願う。

その願いが強過ぎるのか、時折さざ波が立つ。たとえ不利になっても、小さな自我にしがみついて詠み続けて来た。

よく川柳は「吐く」と表現されるが、私は「産む」派だ。一句はひとりの子供。想いを込めてひとりひとりを産み落とす。欲望の道具にだけは、したくない。心だけは自由であり続けたい。

川柳を始めて、人間が豹変したと周囲は驚く。度々悩まされた過呼吸の発作がピタリと止んだ。言いたいことが言えるようになった。が、それに一番戸惑ったのが、三年前亡くなった夫だったらしい。でも、最期のプレゼントは「川柳だけは続けろよ」だった。

桜咲く平和は続くものとして

ＴＰＰ田毎の月のブーイング

いじめなどしないまあるい卵たち

一億のマリオネットを踊らせる

ハルカスよ空の話をしませんか

ひょっとして地球は恋をしているの

魂を繕い終えて夜が白む
林住期そろそろ灰汁が浮いてくる
魂が呼び合ったのでしょう　きっと
わだかまり忘れたように朝の音
難題は朝の光の中で解く
魂のときめく方へ歩き出す

金木犀ふいに外れる蝶番
幻月の海秘めやかに子を宿す
野火走る逃亡兵の背を見せて
刻まれた夢のタトゥーは消せぬ儘
ビターチョコわたしの鬱を捕まえて
くちびるが乾く祭りは終わったの

追憶の刻を漂う月の舟

哀しみの合わせ鏡か空と海

一叢の緋色の闇を焚いて秋

もういいかい鬼が何度も訊きに来る

白を着る私を処刑するように

その彩は秘めて薄桃色に咲く

一つだけ違う木霊を返される
権兵衛の蒔いた種にも芽吹く春
嬉しいとポッと一輪咲くのです
ごまかさず生きてきたんだ深山杉
触角は笑顔の方に向けている
太陽になれ最強の独りぼち

八木侑子

Yagi Yuko

早朝のカーテンを開けるのが好き。自室には二つの窓。東は二上山、南は金剛山が見える。海辺に育った私は広々とした景が好き。朝焼けの雲に小鳥が吸い込まれていく空。どんみりと重い雲におおわれた空も…。

山のむこうがまっ赤に燃えていた幼少期の戦中の記憶。終戦が小学一年。カオスの時代から高度経済成長期へ…無から有へとすさまじく変化していく時代をすごせたのは幸せと思う。何もかも体験出来た厚みのある生活だった。

ＡＩの時代でも無人島で生きる知恵は持っている。存分にこころを遊ばせたい。川柳の種はあちこちに落ちている。

再生の音ふうわりと森の春

響き合う美しい輪の中にいる

天翔ける天使のようね春の雲

さくらさくら捨ててしまった夜叉の面

きっ先をさけてほろりと生きている

連泊のホテル逃亡者の気分

ブリキの兵隊に魂を入れる

生きぬくと誓いゆたかな明日に会う

まじないのきかぬ男の薬箱

オフレコの秘史の深みに嵌ってる

向き合って底の底まで晒し合う

泥舟と気づかず沖に出てしまう

あと少し泥を塗ったら沈まない

虹から生まれたばかりの魚です

横糸をこっそり抜いていた仲間

光芒は天使の梯子　雨上る

一点を探しに入る深い森

おもむくままに真理を探る顕微鏡

京ぶらり抹茶の苦みもつ人と

片足だけはレール通りに走ってる

おぼえある街だよふっと樗の香

薔薇の湯はサロメ　レモンの湯はオフェリア

無理を言い無理聞く人のいる仲間

端っこのあやうさ　芒ゆれている

唇を少しずらした秋の雲

雪月花恋人奪う旅に出る

グレーゾーンに紅を落としたキューピッド

冬響かせ旅のレールは伸びている

シナリオは無言　ト書にハープの音

星になる　星になるまで抱いている

山田恭正

Yamada Yasumasa

川柳道という道幅はかなり広い。サラリーマン川柳やシルバー川柳から、詩性川柳や心象川柳まで、どの車線を進もうと、その人の好き好きで、車線変更も自由、要は川柳を楽しめばいいと、私は思っている。

では、私がどの車線を進もうとしているかと言えば、真ん中ら辺と答えるしかないが、意識していることが一つある。それは川柳味である。

川柳味というのは、人間の愚かさや哀しさを包み込む優しい眼差し、心情の吐露、そして、穿ち・見付け・ひねり・ユーモア・ペーソス・アイロニーなどで、言わば個人の川柳に対する嗜好のようなものだと、私は捉えている。

自分なりの川柳味を意識することは大切なことだと思う。

ダダダーンよりもピーヒャラピーヒャラ

迷うから人間迷わないＡＩ

発泡酒飲んで薬はジェネリック

ハッピーエンド話はそこで終わらない

もう一度来そうで来ないのがチャンス

チラチラと見えるニタニタして見てる

何気なく始めて何気なく終える
追い越してわざわざ顔を見た不覚
笑ってはいけない仕事しています
真っ直ぐに歩く楽なようで辛い
逝く時の予約は出来ぬ順不同
神様は約束まではしてくれぬ

恥ずかしくなってお金を引っ込める

空を飛ぶために断捨離する私

また同じような反省繰り返す

あちこちのネジが緩んできた私

褒めて欲しくないところを褒められる

時々は日干ししている恋衣

嘘を聞きながらビールを注いでいる
生きるため人は時には演技する
妥協した握手は強く握れない
とりあえず最初のマス目埋めてみる
頼むより断る方が難しい
楕円には円にはなれぬ訳がある

右の目を入れた達磨は粗大ゴミ

天辺はすぐに過ぎ去る観覧車

最大の消しゴムを持つ海馬

後期高齢者かもしれない地球

神様のいたずら0と1の距離

たとえばと本音を包むオブラート

渡辺たかき

Watanabe Takaki

五十歳にさしかかったころから、毎年のように、次々と高校時代の友の訃報がとびこんでくるようになった。それこそじわじわと自分にもそのときが迫りくるかのように、一年に一人ずつ。

バンド仲間、憧れていた同じクラスの女の子、初めてラブレターを書いたひと、夜中まで遊んだ悪友。また、高校の友ばかりでなく、職場の同僚、飲み屋で知りあった常連客の誰彼……。これらの訃報にふれるたびに、いつも次は自分かと思わせられる。

なぜだか自分はまだ生きていて、朝目ざめると、嗚呼、生が今日も更新されるのだと毎日毎日思う。五七五で何かを詠んで、人を笑わせたりしみじみさせたりすれば、自分にもまだ生きている意味がある……のかもしれない。

太陽の母をまわっている家族

笑顔から母の不満を読みわける

墓参り母の小言は風のなか

足音が大人になって子の帰省

ふるさとに帰り座布団さし出され

女難の相ぼやいて友は楽しそう

時折は敵になるから永久の友
本心は負けて悔しいノーサイド
ライバルへ唇噛んで読む弔辞
悪友の残したボトル飲む供養
五十肩軋ませてから拾う恋
修羅になる恋だと知って押す送信

そんなことしないと言った手がのびる

物損ですませるだけの恋にする

燃え尽きて祭のあとは影になる

わたくしをたまにはバラし油さす

極楽も地獄もちゃんとある現世

浦島にならないうちに終える旅

ジャンケンポン人生賭けたパーを出す

主張しない場所に努力の胼胝がある

段ボールハウスの上にも桜散る

欲望の後ろに立っている欲望

人間が置き去りになる二進法

古い水捨てねば水は古いまま

終章は借り物の殻脱ぎ捨てる

相席で彼女とデートしたつもり

はいポーズみんなシェーした昭和の子

釣堀で釣られるための魚を釣る

本町で乗って難波で降りた蝿

軒先に美女など来ない雨宿り

精鋭作家川柳選集　近畿編

石田ひろ子（いしだ・ひろこ）

昭和8年、大阪府泉南市生まれ。現在、大阪府貝塚市在住。柳歴10年。川柳塔社、和歌山三幸川柳会、岸和田川柳会、あかつき川柳会、川柳塔さかい、堺番傘川柳会の句会に参加。

岡内知香（おかうち・ちか）

和歌山県田辺市生まれ。和歌山市在住。平成22年5月、番傘とらふす川柳会入会。現在、川柳塔わかやま吟社、和歌山三幸川柳会、川柳阪南句会に参加している。

河村啓子（かわむら・ひろこ）

平成18年、川柳サークル（嶋澤喜八郎）で川柳を始める。翌年、川柳交差点スタッフ。他、川柳文学コロキュウム、川柳草原等に参加。第7回川柳マガジン文学賞。第3回川柳文学賞。

岸井ふさゑ（きしい・ふさえ）

昭和27年、岸和田市生まれ、同市在住。平成26年、岸和田川柳会同人。川柳マガジンクラブ大阪句会・川柳阪南・堺番傘川柳会などに出席。

北薗志柳（きたぞの・しりゅう）

平成29年8月に時の川柳社に入会。平成30年4月、第18回春はくろぼこ川柳大会にて新日本海新聞社賞を受賞。令和元年8月、NHK学園第5回誌上川柳大会にて秀句。

きとうこみつ（きとう・こみつ）

東京五輪の頃に天下茶屋に生まれる。夫との30年の結婚生活にピリオドを平成24年に打ち、（母を亡くした翌月）同年に川柳と出会う。娘一人と和気藹々と豊中に暮らす。

木村利春（きむら・としはる）

やまと番傘川柳社、橿原川柳会所属。やまと番傘川柳社句会部長。番傘川柳本社同人部長。奈良県川柳連盟副事務局長。

小谷小雪（こたに・こゆき）

昭和26年、和歌山県生まれ。平成17年、川柳塔わかやま吟社入会。川柳塔社同人。平成21年、川柳塔賞準賞。平成28年、愛染帖賞。

末盛ひかる（すえもり・ひかる）

昭和37年、神戸市生まれ。平成17年より作句。平成22年、ふあうすと川柳社同人。平成24年、川柳マガジンクラブ神戸句会。平成30年、GOKEN誌友。

辻岡真紀子（つじおか・まきこ）

昭和35年12月、兵庫県西宮市生まれ、在住、通訳案内士。平成22年「川柳マガジン」に初掲載。令和元年8月、第一句集「風の残り香」を出版。

著者プロフィール

妻木寿美代（つまき・すみよ）
昭和30年生まれ。神戸在住。平成27年、ＫＣカルチャーセンター川柳教室入会。平成29年、ふあうすと川柳社同人。平成30年、現代川柳会員。

寺島洋子（てらしま・ようこ）
平成23年、国民文化祭が井手町に来た事を機に川柳を始める。同時に井手川柳会「美玉川」を立ち上げる。宇治川柳会番茶、長岡川柳会たけのこの会員になる。

那須鎮彦（なす・しずひこ）
昭和45年11月から昭和61年7月まで、東大阪川柳同好会で川柳を学び、平成17年7月から毎日新聞のやまと柳壇に投句。19年の夏に、五條あかね川柳会に入会。柳歴はたったの35年程。

甑受　彰（めんじゅ・あきら）
昭和22年10月生まれ。平成21年10月、川柳を始める。平成22年3月、川柳π入会。時の川柳社同人を経て、令和元年7月、新思潮（現、琳琅）正会員。

森井克子（もりい・かつこ）
平成24年11月に最寄りの句会に初参加。半年後、川柳マガジンを知り初投句。そして、色々な句会、誌上句会、大会、勉強会、吟行等で学び中。

森口美羽（もりぐち・みわ）
平成29年、和歌山市生まれ。川柳歴は20年。和歌山三幸川柳会、大阪川柳の会、よどがわ川柳、豊中川柳会に所属。全日本川柳２００６年岩手大会参議院議長賞受賞。

森吉留里恵（もりよし・るりえ）
昭和24年、兵庫県生まれ。平成17年、新聞投句から川柳を始める。ＮＨＫ学園川柳講座受講を経て、現在同講座添削講師・無所属。著書に十四字詩句集「時の置き文」。

八木侑子（やぎ・ゆうこ）
大阪狭山市在住。定年退職後、時実新子師の講座で川柳を始める。新子師逝去のあと点鐘の会にて研鑽。川柳凜誌友。堺番傘川柳会同人。

山田恭正（やまだ・やすまさ）
昭和25年生まれ。平成30年、第16回川柳マガジン文学賞受賞。現在、番傘川柳本社同人・奈良番傘川柳会会員・あすなろ川柳会会員・川柳マガジンクラブ奈良句会世話人。

渡辺たかき（わたなべ・たかき）
昭和35年2月23日生。北海道夕張市出身。一年間の札幌ぐらしを経て、昭和54年から大阪市阿倍野区在住。

精鋭作家川柳選集
近畿編
○
2020年 8 月 7 日　初　版
編　者
川柳マガジン編集部
発行人
松　岡　恭　子
発行所
新　葉　館　出　版
大阪市東成区玉津1丁目9-16 4F　〒537-0023
TEL06-4259-3777㈹　FAX06-4259-3888
https://shinyokan.jp/
印刷所
第一印刷企画
○
定価はカバーに表示してあります。
©Shinyokan Printed in Japan 2020
無断転載・複製を禁じます。
ISBN978-4-8237-1033-9